KB108759

스치는 바람도 생명이다

스치는 바람도 생명이다

발행일	2020년 12월 28일		
지은이	권동기		
펴낸이	손형국		
펴낸곳	(주)북랩		
편집인	선일영	편집	정두철, 윤성아, 최승헌, 배진용, 이예지
디자인	이현수, 김민하, 한수희, 김윤주, 허지혜	제작	박기성, 황동현, 구성우, 권태련
마케팅	김회란, 박진관		
출판등록	2004. 12. 1(제2012-000051호)		
주소	서울특별시 금천구 가산디지털 1로 168, 우림라이온스밸리 B동 B113~114호, C동 B101호		
홈페이지	www.book.co.kr		
전화번호	(02)2026-5777	팩스	(02)2026-5747
ISBN	979-11-6539-569-8 03810 (종이책)		979-11-6539-570-4 05810 (전자책)

스치는 바람도
생명이다

권동기 시집

북랩 book Lab

저서

- 제01시집 고독한 마음에 비내리고(125편.1994)
- 제02시집 빗물속에 흐르는 여탐꾼(125편.1996)
- 제03시집 고뇌에 사무친 강물이여(125편.1997)
- 제04시집 들녘위에 떠오른 그림자(125편.1998)
- 제05시집 고향은 늘푸른 땅일레라(125편.1999)
- 제06시집 땀방울로 맺어진 사랑아(125편.2000)
- 제07시집 토담에 멍울진 호박넝쿨(125편.2001)
- 제08시집 농작로에 웃음이 있다면(125편.2002)
- 제09시집 눈물로 얼룩진 들녘에는(125편.2003)
- 제10시집 함박꽃이 시들은 전원에(100편.2005)
- 제11시집 산하는 무언의 메아리다(100편.2006)
- 제12시집 그리움이 꽃피는 산천에(100편.2007)
- 제13시집 노을빛 사랑이 피어나는(100편.2008)
- 제14시집 이름없는 혼불의 노래여(100편.2009)
- 제15시집 시심에 불거진 맥박소리(100편.2010)
- 제16시집 아름다운 희망의 노래를(100편.2011)
- 제17시집 석양이 꽃피울 그날까지(100편.2012)
- 제18시집 속삭이는 서정의 뜰에서(100편.2013)
- 제19시집 생명의 씨앗을 수놓으며(100편.2014)
- 제20시집 노래하며 춤추는 태극기(100편.2015)
- 제21시집 행복이 넘치는 인생살이(100편.2016)
- 제22시집 허물어진 틈에도 꽃피고(100편.2017)
- 제23시집 솔바람 적시는 길목에서(100편.2018)
- 제24시집 책갈피에 여미는 풍경들(100편.2019)

권동기 제25시집

공저

自序
— 제25시집을 내면서

우주 공간에서
하나의 별이 된 지구의 모형은
어느 별보다도 아름다운데
이곳에서 별들의 전쟁이 일어났다.

수천 년을 이어오면서
우리의 터전을 가꾸기는커녕
모질게 터지고
쓰라리게 뚫어가는 핵의 포화들

어쩌랴
중지할 브레이크가 이미 파손되고
걷잡을 수 없는 조준으로
생사람까지 삼킬 태세다.

두렵다
무섭다
그러다 불현듯
이판사판 각오하니 편안하지만

이제부터라도 지구촌을 닦고 가꾸어야 한다.
그 바탕 위에서 나라가 있고 생명이 존재하는데도
나라 간 핵 싸움을 향해 맞서고 있으니
차라리 사람 간 눈 다툼이었으면 좋겠다.

온갖 시련에 낡아가는 지구를 살려야 한다.
오장육부가 건강해야 사람이 살아가듯이
오대양 육대주가 청결해야 지구가 살아남기에
각설하고 인류들이 하나로 똘똘 뭉쳐야 한다.

코로나19 전염병이 퍼진 지도 1년이 된 12월이다.
국가마다 비상사태를 마스크로 겨우 극복하고 있으나
지금도 조금씩 줄어드는가 싶더니 다시 치솟고 있다.
하루빨리 핵과 함께 말끔히 종식되기를 바란다.

올해도 저물어가는 이때
소소한 다짐으로 하나의 시집을 내놓게 되어
주변인들이나 아는 분들에게 고맙다는 말씀을 올리며
비록 명작은 아닐지라도 곱게 봐주시길 소망한다.

경북 영덕에서 권동기 배상

차 례

2부

3부

4부

5부

1부

여정의 시간들

가끔 그립고
술 생각 겹칠 때

허드렛일이나 소중한 일 있어도
한가한 척 시간을 쪼개어

땡볕 아래 잎새가 목말라하듯
떨어지는 낙엽이 고독을 호소하듯

그런 벗 찾아 쓴 미소 지으며
빈 잔에 세상을 담고 싶다.

002
함께할 못들

너와 내가 속삭이는 것은
고운 향기를 내뿜는 애정도 있지만

주고받는 새로운 느낌을 위해
따스한 농담도 오고 가는 것이고

서로의 젖은 감정을 부풀리며
소꿉장난 같은 의미도 있어야겠기에

과거와 현재를 이어갈 미소도
미래를 향해 소통할 눈빛도

한바탕 소용돌이치듯 두루 감싸며
잡은 손은 놓지 않아야 한다.

003

전원의 뜨락에서

대지를 어루만지는 정성이나
하늘을 아우른 온정에 빛날

늘 약속이나 한 듯 지나치는 태양보다
동쪽 등운산이나 서쪽 운서산을 바라보면

빛바랜 둥지를 꾸며놓은 듯 우뚝 솟아
계절마다 색다른 풍경으로 다가설 때마다

봄바람처럼 자상한 어머니 같아 흐뭇하지만
서릿발처럼 엄격한 아버지 생각에 눈물겹다.

004

어느 심장 소리

때론
진통이 머리를 칠 때
약으로 빠져나올 수 없어
뛰더니

가끔
혼동이 육신을 찌를 때
정으로 녹일 수 없기에
걷더니

자주
악몽이 침실을 흔들 때
잠으로 벗어날 수 없어
앉더니

치유할 수 없는 고통에 빠진 것처럼
소맷자락 적시며 울던
그 사람이 떠오르곤 한다.

005

지구 地球

쭉 뻗은 수평선 위로
하늘에 닿을 듯 선율이 퍼져
바닷가에서 등대의 빛이 직선을 그어주고

맞닿은 지평선 아래로
대지에 솟을 듯 음률이 적셔
나뭇가지에 붙은 솔방울이 곡선을 이어주니

찰나의 들뜬 기분 따라
뭉게구름을 통한 우주의 나그넷길에
동트고 석양의 웅장함을 펼쳐놓고

거대한 생명이 타오르는 불꽃과 함께
빛과 물의 소중한 역사를 부채질하며
고요의 장벽을 허물기 시작한다.

추억이 머무는 곳에서

앙증맞고
예쁜 매력이 있었던
늘 귀여운 척 옷맵시가
인상적이었던

그
훗날
비루한 모습으로 나타난
그는

세월의 흥겨움도 없이
애써 버티어 온 듯
숙인 갈래머리에 꽃핀 하나
꽂아보지 못한 듯

어린 추억이 깃든
고택 담장 너머로
추억의 미소가
아련히 묻어난다.

회심의 길

산속을 헤매다
외딴집 호롱불에 젖어
반가움에 울었던

강가를 배회하다
건너 마실 반딧불에 반해
그리움에 웃었던

그 기억을 찾아
산길 돌아 강물 첨벙이며
어렴풋한 길 따라 방황하다

어디선가 들려오는 풀벌레 소리에
숨 가쁜 걸음을 멈추니
그때 익었던 음률이라 가슴이 먹먹해진다.

008
때론 우리는

그리움
밀려오는 날에는

감성에 마른 미운 정이
심장을 녹이며 울컥할 때가 있고

외로움
스쳐 가는 날에는

편견에 젖은 고운 정이
두뇌를 쪼이며 비웃을 때도 있지만

수수한 증오나 소소한 미소 속에
떨칠 수 없는 정情은 따스하다.

숨겨진 보석들

삽 들고 농로를 걷다 보면
채 피지도 않은 들꽃들이

손끝이 시리고
뺨에 닿은 찬바람에 괴롭지만

평화로운 시샘에 현혹되어
하늘 우러러 예쁜 몸매를 드러내고 싶어도

성숙된 춤을 선뵐 수 없다는 이유로
논둑 밑에 납작 엎드려 있다.

한해의 꿈자리

홍매화가 봄을 녹여주듯
연약한 새싹을 표절하니
순풍에 도는 향기가 기뻐하고

호접란이 여름을 다독이듯
온몸의 땀샘을 모방하니
땡볕에 익은 열매가 성질을 잠재우고

국화차가 가을을 음미하듯
찻잔의 참맛을 습작하니
추수에 쌓인 양식으로 슬픔을 밀어내고

대나무가 겨울을 감싸주듯
찬란한 예술을 창작하니
한 해의 스친 인연이 즐겁누나.

삶의 몫처럼

흐르는 강물 바라보며
아픔이나 설움을 느끼는 것보다

허송 시간이 아닌
보람찬 나날을 보내는 일이며

앙증맞은 몸짓 같은
허구의 하소연이 아닌

부모의 은덕으로 빚어낸
예술의 빛처럼

삶의 노래를 위해
모진 시련도 견뎌야 할 몫이다.

012

내가 나를 책망하며

언제나 바른길이라 생각하며
의식이 불충분하다는 식이 아니라
윤리가 거덜 나고 있다는 푸념을 할지라도

빈털터리 가슴에 바람 불고
망나니 언행에 몹쓸 비 내릴지언정
군더더기 없는 세상을 꿈꾸며

주변인들의 안락한 장단에 맞춰
온 길 돌아볼 잠시의 열기를 삭히며
무심히 걸어가는 나를 본다.

서두르지 않을 꿈

행여 산을 옮기듯 참다운 용기로
종잇장 같은 하찮은 깃털을 얼버무리듯

곱지 않은 자연의 시선을 깔아뭉개며
근육질 자랑하던 기개마저 장롱에 넣어둔 채

무심히 내뱉는 세 치 혀를 고이 닫아
실속 없이 흔들리는 연인의 감정마저 떨치고 나면

예사로운 미래의 주춧돌을 다시금 추스르며
숨긴 가슴앓이에 식은땀만 뜨겁게 흘러내린다.

014
보통 사람들의 미소

연륜에 비례하면
경륜이 그다지 많다 한들

섣부른 욕망에 헐떡거리며
출세의 강 건널 뿐

바닷물이 아니라도 김치맛을 낸다거나
산봉우리가 없어도 태양이 쉴 곳이 있다 해도

대세를 향한 억지가 멈춰지지 않으면
인간이 게워낸 향기는 그만치 멀어져 간다.

어느 밤

고요의 강물 위로
덤터기 씌운 헛꿈들이

번영의 포부인 것처럼
신음과 더불어 다가오니

달빛 내린 제방 너머
풀벌레 외침들이

깊은 밤 에워 잡고
새벽길 나선다.

016

삶이 있는 뜨락

꿈을 꾼 만큼
눈물 흘리면
그만큼의
열매가 맺고

정을 준 만큼
웃음 쌓이면
이 정도의
행복이 핀다.

허상의 목소리

허구한 날
헛소리 같은 논쟁만
으름장 놓듯 늘어가는
현실 앞에

정다움이 묻어나던
군불의 역사처럼
시큰둥하게 산불에 빗대어
진정성 없이 날려버린 채

말 못 할 잡초의 심정마저
바람에 실어 보내듯
애잔한 감정조차 표출할 길 없어
막연히 허우적거리다 말고

쓴소리에 지혜를 찾는 것이 아니라
잔잔한 밀담에 진리라고 믿어버리고 말면
산천의 메아리는 하늘의 무지개로
길이 빛날 뿐이다.

018

소중한 인생들

같은 해에 태어나
닮은 취미로 만난 인연 되어

한 고장에 자라
같은 우물로 목축이던 동무만큼

끈끈히 마주한 인성마다
믿음직스럽게 와 닿는 우정으로

함께 키운 꽃동산이 지지 않기를
서로 보듬어가기를 염원한다.

늘어나는 꽃길 따라

예전 그대로 먼지 나는 골목길 따라
이름 없는 들풀을 키우는 것보다

시금석이 될 멋진 예술의 탑을
가장자리에 우뚝 세우고

공허한 놀이터에 문학의 꿈 심어
한 줄기 시의 덤불 퍼져가길 바라지만

고요히 정진하는 순수 그 모습으로
인류의 편히 걷는 꽃길을 원한다.

열정 앞에서

매일같이 땅을 갈고
가슴으로 데운다 해도

한결같이 피울 희망이
넋 잃어 울부짖을 수 있고

스며 올 향기에 콧잔등 벌렁거리며
건전한 보람을 느낄 수 없다 해도

꿈을 다져야 할 미지의 둥지에
여명의 불씨는 타올라야 한다.

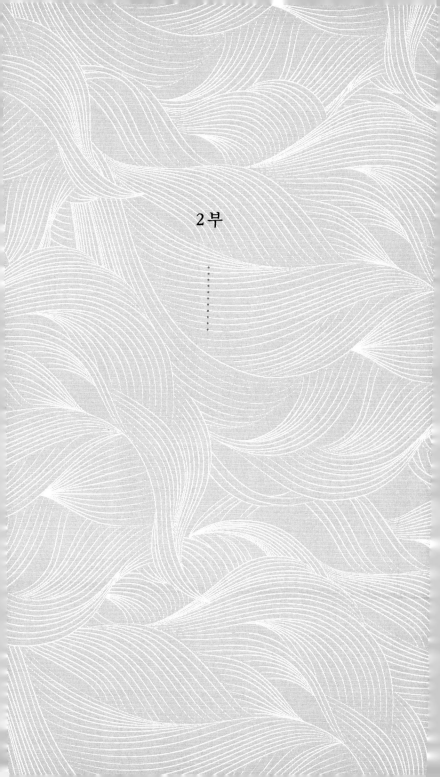

2부

021
책향 피는 뜨락

서재의 혼
원고지에 넣고

먹빛의 넋
책꽂이에 끼워

찬바람에
촛불을 흔들듯

깊은 밤에도
서정의 꽃 핀다.

022

그날의 굴레들

장마를 머금고
솟은 단풍잎이
나그네의 발자취를 잡은 지
불과 며칠 후

된서리 맞은 다리 아래
누군가 만든 눈사람 위로
따사로운 입김에 녹아내린
이듬해

언 땅 품어
풋풋한 향기에 젖은
새싹의 등살 너머로
뙤약볕이 찾아든다.

새벽의 외침들

이슬이 마르기도 전
손끝에 묻은 긴장감이

운신의 폭만큼
굳센 노동을 향해

눈엣가시에 얽힌 사연도
고통에 담긴 연민의 정도

낯선 들풀에 떠넘기고
동트는 여명의 숲을 헐고 있다.

사람 사는 세상에는

꽃향기 너울대는 쉼터에
옥에 티처럼 매끄럽지 못한
흉상이 놓여 있다면

잡초가 어지럽게 널브러진 골목에
허투루 보았던 어설픈 미소가
보석처럼 빛난다면

허드렛일에도 모양새가 날 듯 말 듯
얼버무리는 공간마저도 들쑥날쑥
세상의 지혜는 어디에다 비할지 몰라도

심장에 울렁대는 느낌도
귓전에 맴도는 속삭임도
더러 접하지 못한 아쉬움도 있다.

터전에 희망을 안고

여러 음률이 어우러진 곳에
세상 시름 다 덜어 주고

만 가지의 꿈 열어 줄 터전에
애틋한 정 더 심어 줄

여명이 쏟아지는 한마당에도
힘차게 뻗어갈 소원을 담아

손뼉 치며 용기를 북돋아 주는
우리네 멋진 인생살이가 당차다.

026

스치는 삶의 길에서

눈 감고
엊그제 보았던 그 풍경을 보았다.

귀 막고
언젠가 들었던 그 낭송을 들었다.

증거나 추론이 아니라
호탕하게 웃음꽃 피울 수 있을

진솔하고 박진감 넘치는
그런 분위기 따라 묵묵히 걷는 거다.

027

빛바랜 꿈들

높은 하늘은
여유롭듯

넓은 바다는
평화롭듯

깊은 계곡은
지혜롭듯

우주의 만물은 소생하고
인간의 감정은 흥분돼도

빛바랜 터전을 발판 삼아
찬란한 꿈은 저물지 않는다.

개구리의 기지개

눈 뜰 분위기는 고사하고
잡풀마저 없는데 활동할 적기라며

푸대접 감수하며 아부라도 하듯
풀릴 뜻 없는 언 땅에 속살 비벼대며

유유히 꼬리 칠 메마른 웅덩이를 지나
잠시라도 설 빈 둥지를 휘돌아

맑은 하늘에 비바람 몰아치길 애원하며
발톱이라도 적실 늪지대 찾아 헤맨다.

빛 좋은 개살구

산천을 단맛 들이던 그들이
어느 독기 어린 눈초리에도 아랑곳없이
당당히 꾸며놓은 동산에 둥지를 틀더니

호들갑 떨던 잡초들이 텃세하듯
연리지 사랑 빗댄 신맛의 비수에 비껴갈 수 없어
기어이 떠나며 이별의 언덕 아래 흘린 눈물은

지나온 시련보다 쓴맛에 껍데기가 쑤신다는 둥
산봉우리 넘어가는 뭉게구름이 짠맛에 저린 듯
눈시울은 붉되 뜨겁지 않단다.

모래 위에 얹힌 정자

토론과 논쟁 후
해답을 찾아야 함에도
자신과 다르다는 창의성을 빗대며

편견 같은 볼멘소리에
엉터리 장단에 춤추며
아첨으로 노래할 뿐

호기심에 눈뜨고
궁금증에 귀 열어
곧은 심정으로 절규하지 않는 한

밥상머리에 마주 앉아
밥알 튀기며 열변하는 것이
정녕 더 아름답다.

다가설 수 없는 인연

모처럼
그 얼굴에
환희의 꽃 피었는데

보란 듯
찬물 끼얹은
소용돌이에

행복의 항변도
불행의 토론도 없이
허물어지길 바랄 뿐

못내
허무의 정 안고
등 돌린 사연이 머쓱하다.

함께 갈 인연들

굳게 다짐해도
노림수가 있다면
지혜가 숨어 있다 한들
멋일 수 없고

얇게 데친 후에도
달콤하지 않다면
열정이 드러난다 해도
맛날 수 있으랴만

환경 따라 변해도
마음은 제자리에 머무르고
바라는 정이 없다 한들
기다림은 애태워야겠기에

덧없이 오고 갈 인연처럼
애끓은 만남이 없다면
벌거숭이 산에 맴도는
한낱 구름일 뿐.

033
어느 낯선 길에서

길 걷다가
걷기 힘겨운 길이

꿈꾸다가
꾸기 쉽잖은 꿈이

불량스러우리만큼 고운 풍경 속으로
엉터리 같은 바람에 흩어진다 해도

소중한 시간을 낭비하는 것이 아니라고
작은 향수에 마음을 녹여봄직도 하다.

허상의 눈빛

세상을 향해
비뚤어진 상황으로
상념에 찬 모습으로
밝은 눈으로 볼 거라면

사회를 보며
비스듬한 편견으로
폄하에 곡한 몸짓으로
맑은 귀로 들을 거라면

훼손하지 않았다 할 강산이
그림처럼 번듯하게 서성이며
단풍을 화려하게 가꾸었다고 속삭인들
그 풍경은 한낱 물거품인 것을.

035
요동치는 심장의 노래

재빠른 일이라도
갔다 왔다 심장의 호흡을 다독이듯
정신만 가다듬는 것이 아니라

느슨히 길이라도
갈듯 말듯 거북의 걸음을 옮기듯
건강만 유지하는 것이 아니라

기쁨을 줄 만큼의 애정은 빛으로 물들이고
아픔을 받을 만한 언행은 물로 씻어버린 채
긍정의 힘으로 찬란한 꿈을 이루어 갈 때

훈훈하게 이끄는 존경은 하늘에 닿고
끈끈하게 당기는 사랑은 땅을 적시니
우주가 보낸 지구의 선물을 그냥 버릴 순 없다.

잊은 옛길

가끔 가서
아픔을 녹인 산마루엔
삶의 눈물 흘리다 심장 터트릴 수 없어
어설픈 진실을 묻었던 곳

자주 와서
애정을 씻은 강나루엔
님의 얼굴 떠올리다 가슴 조일 수 있어
그리운 정 떼었던 곳

그곳엔
예나 지금이나
비 내리면 삶에 젖어 목청껏 노래하고
바람 불면 님의 옷깃이 신나게 춤출 테지만

훗날
정녕 찾지 않아도
기쁜 소식 전해오면 울어주고
슬픈 연락 들려오면 웃어줄 뿐.

바른 생활에 얽힌 사연들

곧은 길이지만
잘해도 수치심이 들고
못해도 극찬을 받을 수 있다.

모난 길이라도
웃어도 모욕감을 느낄 수 있고
울어도 칭찬이 자자할 때가 있다.

그러기에
곪아 터진 아픔이 아려와도
속살 돋는 여명이 돋아나도

석연찮은 사연이랄 것도 없이
나만의 공간에 빛바랜 꿈이 있다는
밀알의 감정을 녹일수록 심장은 뛴다.

나를 돌아보는 눈

슬픈 듯 하늘 보면서
낮게 흐르는 강보다는
몸을 깨끗이 가꾸어야지 생각하고

미친 듯 땅 밟으면서
높게 치솟은 산보다는
꿈을 정성껏 이루어야지 다짐하면

막연히 흘러가는 구름도 꿈을 꾸듯
성큼성큼 당차게 목적지 향해 뛰어가고
더듬더듬 알차게 인내심 키우며 걸어가기에

잠시 머물다 사라지는 이슬처럼
가슴에 피다 지는 최소한의 애정을 위해서도
가끔 나를 돌아보는 아픔의 시간도 좋다.

초야의 바람 소리

소 쟁기질하던 그 농토에
경운기 앞세워 뒤쫓다가
트랙터 위에 앉아 춤을 추고

지게 지고 오가던 그 농로에
손수레 밀며 땀 흘리다가
전동 운반차 핸들 잡고 콧노래 부르는

고을마다 농심이 모여 자연을 가꾸고
문화 따라 변해가는 황토를 살찌우니
초야의 희망이 날로 솟아오른다.

꿈길 따라

걷다 보면
낯선 길로 들어설지라도
쓴소리 같은 공허한 마음이 들지 않고

뛰다 보면
가파른 길에 주저앉을지라도
목소리의 울림이 저만치 녹아내리지 않음에

앳된 모습에 요동치는 즐거움이나
힘찬 행보에 암울한 흐느낌이 있을지라도
미래를 향한 고운 눈빛은 영롱하다.

3부

041

옹꿈에 젖은 정치인들

영남 호남 갈라치다
표 받고 비아냥대더니

우파 좌파 맞짱 뜨다
정 주고 아우성치더니

한낱 부끄러운 줄 모르고
걸핏하면 국민 향한 충정이라는

그들의 사탕발림에 녹아내리지 말아야
비로소 국민의 머슴이 된다는 사실을

우리는
알아야 한다.

굽히지 않은 삶

토양 속에 미생물이 엉켜
적나라하게 펼쳐질 과거의 싹을
한 톨이라도 틔울 수 있다면

누르스름한 흙 틈에 마중물이 스며
자연스럽게 스며들 현재의 물을
한 줌이라도 채울 수 있다면

미풍에도 흔들리지 아니하고
튼실하게 지켜 줄 미래의 생명을 위해
푸른빛 두르듯 터전을 가꾸어야 한다.

전원의 발자취

새순의 앞날이
농토를 살찌울
생채기라면

나뭇가지마다
이파리의 파닥임에
심장이 뛰고

햇빛 머금은
튼실한 열매들이
풍만함을 자랑하듯

빈 곳간에
한층 한층 쌓여가는
농가의 웃음소리.

무너지지 않을 땅

언제든
껴안을 수 없을 만큼
터전에 쏟아질 행복들이
쭉정이로 되돌아온다 해도

언제나 허탈감에 주눅 들거나
어수선한 환경에 흠뻑 취해도
내 삶의 곧은 가치만은
감히 부술 순 없다.

맞추기식 인생살이

제아무리 군불 때듯
떳떳하게 사는 독특한 현실을 녹인 채
정직한 행운을 지극히 좁히다 보면

모난 곁가지 치듯
당당하지 못한 이면을 잘라버린 채
미흡한 시간을 알뜰히 늘리다 보면

피할 수 없는 숙명처럼
상상할 수 없을 향기에도
존재 가치가 불쑥 나타날 수 있으며

시빗거리의 정이 넓게 두 동강 나고
넘지 못할 벽이 높게 드리워져 있어도
속 빈 양식을 채울 지혜는 차고 넘친다.

길은 그냥 길이 아니다

치통이 지난 후
잇몸의 소중함을 알았고

고행의 창작 후
작품의 위대함을 느끼듯

불순물이 정신세계를 어지럽힘으로
예술의 혼은 우아하게 높아지겠고

배설물이 사회 질서를 더럽힘으로
현실의 꿈은 세련되게 넓어지겠지만

성장으로 가는 길은 피눈물을 흩뿌려야 하고
완성되어 가는 탑은 비아냥을 기다려야 한다.

작품에 대한 자화상

어제처럼 즐거운 듯이 고뇌한 까닭은
미래로 향한 마음의 탑을 쌓는 일이며

오늘도 반죽하듯 미완의 작품을 위해
과거에 흘려놓은 고요의 정서를 배경 삼아

내일의 완성될 하나의 원고지를 향해
현재도 마무리 손길로 애간장을 적시기에

보람의 날이 순풍으로 다가올 거라는 기운만큼
긴장을 풀어 줄 여정의 길 떠나고 싶다.

낙엽도 한때 잎새였다

어느 고요한 연못에
낙엽이 파동을 일으킨 이유는
먹이사슬을 위한 몸부림이 아니라

애정에 의한 켜켜이 물들었던 연꽃과
케케묵은 인연으로 만난 나팔꽃이
미소를 주고받는 중 등을 건드린 탓에

썩어가는 것도 서럽다며 물장구치다가
주변을 서성이던 해바라기에 튕기는 통에
꽃과의 전쟁이 시작되었으나

결국 후회스러운 듯 추억을 들먹거리며
머잖아 너희들도 내 신세가 되리라는 뜻 남기고
바람에 실려 떠나면서 통곡한 탓이다.

나를 찾아

쓸모없다는 이유로 버려진
한때 애지중지했던 구슬을 되찾으러
오두방정 떨던 마음으로 나선
나에게

반추할 수 없는 온갖 심성들이
어떤 변화의 물결로 되살아날지라도
숱한 인고의 풍경은 쉽게 느낄 수 없다고
전해라.

엇박자에 물든 그들

산새가 수다스러운 노래를 부르지만
파렴치한 짓거리에 굉음처럼 들린다는
누군가 흘려놓은 듯

별안간 일어난 속세의 궤변처럼
달콤함이 묻어나지 않는 속담에도
순풍 또한 모나지 않고 평화로운데

하늘도 땅도 그저 높고 낮음을 모른 채
무정한 구름은 아무 일도 없는 듯
유유히 쓴웃음 삼키며 흘러간다.

현기증

정상에 앉아 보이는 세상은
활화산처럼 타고 남은 잔상이라도

지하에 서서 비치는 사회는
쥐구멍처럼 길게 뚫린 통로라도

그 눈빛마다
바람개비 춤추듯

여과 없이 쏟아지는 노랫말 되어
지혜만큼 넋은 깊어간다.

춤의 노래

그들이 부를 때
눈으로 듣는다.

감고는 즐길 수 없고
그 음률에 마음 띄울 수 없기에

몸을 비벼 향기 자아내니
그 율동에 귀를 활짝 열어야

마치 신들린 흔들바위처럼
춤의 노래를 만날 수 있다

허상의 길목에서

누군가
만나자고 한 그날

때아닌 급한 볼일 있다는 이유로
순식간 그 시간을 묻어버리고

단풍이 만발한 엇박자의 길에서
허우적대듯 마음의 정 나누었을 뿐인데

비련의 덫에 걸린 듯
걸음마다 상처만 깊게 물들어간다.

겉과 속

진정 터무니없다는 그 뜻 속엔
진실의 맥박이 뛰고 있다는 것인지

죄가 없어야 법률을 두려워하지 않고
육신이 아파야 의료의 믿음이 강해진다는 느낌처럼

돈을 없애야 금융을 가까이 아니하며
마음이 굳어야 정치의 욕망이 부풀린다는 다짐처럼

헤아릴 수 없는 삶의 목적에 따라
더 풍성한 노래를 불러야 한다는 것인지.

055

넋두리

골방에 앉아
서정의 물결 타고

논밭에 서서
농심의 바람 안고

시간이 쌓일수록
둘이 하나 된 전원일기에

광야의 풍년을
거두는 것처럼 써놓고

초야의 먹빛을
적시는 것처럼 읊는다.

빚어질수록 아픈 상처

사정 있어 팔면 떨어지고
여유롭게 사면 솟아나는 세상처럼

실핏줄 터져야 아픈 줄 알고
배꼽 잡고 웃어야 즐거운 인생처럼

성에 찬 수준이 만족으로 가고
미덥지 않은 언행이 불만의 길 걷듯

삶은 그렇게
단순하지 않다.

그냥 걸어야 한다

인기에 취해
산을 넘거나

유명을 쫓아
강을 건너다

허허벌판에 춤추는 무명 꽃이
삼라만상을 삼키듯이 웃다가

망망대해에 노래하는 흰 부표가
초지일관을 업신여기다 울어도

가고자 할 그 길을 벗어나면
자칫 아픔의 늪으로 빠질 수도 있다.

뇌의 생각들

보통 일반 사람들은
선행의 발자취를 남기고도
세상에 알려지기를 거부하며
쑥스러워 말문이 막히는데

자칭 공인이라는 자들은
불행의 선을 짓밟고도
머리를 당당히 곧추세운 채
깨끗한 척 거리를 활보하며

내뱉는 입술마다 침이 말라 멋쩍고
떳떳한 걸음마다 힘이 빠져 흉한데도
한 점 부끄럽지 않다는 뻔뻔스러움을 넘어
하고픈 언행은 거침없이 마구 쏟아낸다.

059

하루의 일과표

하루를 달군 태양을
서녘에 떠넘기고
분위기에 젖어 천천히 찻잔을 비움보다
농무에 적신 땀을 식히기 위해
이성을 잃어도 좋을 술집을 찾거나

밤하늘 밝힐 달을
동녘에 걸어두고
흙과 비벼대며 알알이 남긴 상흔을
빛바랜 원고지에 옮기기 위해
등불을 밝혀도 화려하지 않을 서재에 앉거나

그러다
잠든다.

흘러가는 강물처럼

강물이 흐른 만큼
물고기가 춤추고

나무가 크는 만큼
나이테가 노래하니

어제는 바람 불어
낡은 머릿결 헝클어졌지만

오늘은 비 내려
찌든 때 말끔히 씻고 나면

내일은 햇볕 드는 창가에 앉아
어설피 쌓인 검버섯을 떼어내며

자유로운 여정의 발자취 따라
고운 꽃향기에 물들고 싶다.

4부

061
곁눈에 녹아내리면

전해오는 희소식에 말려든 모순이
숨길 수 없는 삶의 허구가 아님에도
엿가락 장단에 춤을 춘다고 하여
악습처럼 흔들리지 말라고 한다면

떠나가는 뜬소문에 못 박힌 진실이
밝혀질 수 있을 힘의 표준이라 해도
북소리 울림에 노래한다고 해서
풍습같이 즐거울 수 없다면

감성이 일렁이는 감동의 불꽃 튀어도
몸 둘 곳 없이 희망의 불씨를 지필 수 없듯
코끝에 연민의 정이 깊숙이 여미어도
옥석을 담은 참회의 강은 멈추지 않는다.

전원에 피는 노을

솥뚜껑보다 더 뜨거운
신명 나는 농토에 서서
콩죽 땀 쏟아도 희망이 있고

인두겁보다 더 차가운
험상궂은 시장에 앉아
불미스러운 언행에도 절망이 없듯

나쁜 것이 찾아와도
좋은 것이 떠나가도
돌출마다 생명의 기쁨이라 새기며

동튼 후 차 한잔에 농로 따라 꿈 키우고
해 질 녘쯤 술 한잔에 정서 따라 붓 들면
그나마 넋 놓고 웃을 수 있어 좋다.

인류의 역사는 흐른다

하늘에서 내려다보는 태양은
지구의 삼라만상을 헤아리며
지혜롭게 살아온 날을
밀알 같은 희망이라 여기고

땅에서 올려다보는 사람은
우주의 삼라만상을 음미하며
슬기롭게 나아갈 길을
여명 같은 생명이라 점치며

희로애락에 흠뻑 젖듯
무심히 흘러가는 세월이 아니라
방방곡곡의 전통문화를 살찌우며
낙천적인 삶을 누리길 염원하지만

음양과 지역 갈등을 부추기듯
쉬 아물잖은 추임새에 놀아날 게 아니라
현실에 이루어질 고귀한 생명을 위해
즐거운 삶이 온 누리에 펼쳐지기를 바랄 뿐이다.

바로 살기 운동

하찮은 자투리 짊어지고
여정의 길 나선다고 해서
좋아할 이 없고

온갖 찌꺼기 내려놓고
생명의 정 허문다고 해도
박수 칠 이 있냐만

확 트인 세상을 향해
감정 폭발은 자제할지라도
옳은 목청은 높여야 후끈하다.

태극기 휘날리는

나눌수록 쌓여가는 높이만큼
어르신을 존경으로 받드니
검게 낀 하늘에도 맑은 정 내려주고

베풀수록 불어나는 넓이만큼
젊은이를 사랑으로 안으니
잡초 핀 대지에도 고운 정 솟아나듯

잠잠하게 다가와서 안아주는 즐거움이 있고
넉넉하게 건너가서 업어주는 흥겨움이 있듯
김치맛 나는 아름다운 대한민국을 열망한다.

갈등의 침묵

끝없이 펼쳐진
진실의 결과물

뒤집어 살펴도
슬픔이 있으랴

덧없이 불거진
편견의 오욕들

말끔히 씻고도
기쁨이 없으랴.

속물에 대한 외침들

그냥
끄덕이며 웃어주면 될 일
흠집 내려다 목청 터지고

마냥
즐거운 듯 다가서면 될걸
삿대질하려다 손가락 부러지고

침묵할 수 없는
영웅심이 발동하여
이미 엎질러진 것도 모르고

미세한 깃털이 벼슬을 얻은 듯
허영심에 꿈틀거리다 뒤통수를 맞고 나니
결국 속물은 정화돼야 할 몫이라고 한다.

함박눈

보고 싶은 만큼
한없이 스며드는
널

뭉치고 싶은 만큼
켜커이 쌓이는
널

만들고 싶은 만큼
정성껏 빚어낸
너를

눈을 감아도 흰빛 사랑이
곱게 물들이며 속삭여주니
좋아하는 이유다.

쓴웃음

보를 만들어 물을 막아야
농산물을 키울 수 있는데
강물은 흘러야 한다고 한다.

산을 깎아 밭을 갈아야
농사를 지을 수 있는데
산림은 보존해야 한다고 한다.

필요에 따라 변하는 것은 당연함에도
색깔이나 이념으로 훼방을 놓는다면
국가는 흑백논리에 더욱 타락할 뿐이다.

인연은 운명

신혼 때
단, 외도한 이유로
인연의 끈 놓더니

긴 세월 흘러도
분이 사그라지지 않던
그들이

어느 날 우연히
화풀이 중 진실을 안 후
황혼의 짝 이루었네.

힘이 힘을 부르고

열심히 살아온 도시보다
농심의 꿈 향해 보듬어야 될 농토에
미래의 새싹이 총총 피어날 거라는 생각으로
축배의 잔을 든다면 너무 섣부르다.

꾸준히 닦아 갈 학문보다
예술의 미를 다듬어야 할 공간에
영혼의 작품이 각각 비춰질 거라는 믿음으로
폭죽을 터트린다면 정녕 석연치 않다.

밀짚모자에 삽자루 걸머쥐고 농로를 걷거나
중절모에 원고지 접어 넣고 나무 아래 앉거나
그러다 가끔 농무가 없고 한가한 날에는
바깥바람 쐬러 자유의 몸이 되곤 한다.

속된 말처럼

심장이 요동칠 만큼
쌓은 흔적 따라 노래할 수 있다면

믿음이 다다를 만큼
펼친 속내 따라 춤출 수 있다면

인간적 가치보다는
정다운 그 뜻 하나만으로도

더디 익는 밀알이라 업신여기지 않고
삶의 원동력이 될 여명을 꿈꿀 수 있다.

073

까마귀의 열정

동구 밖 나뭇가지에 앉아 소식 전하며
때론 묵묵히 강을 바라보다 말고
세상이야 어찌 돌아가든 무슨 상관인 양
퉁명스럽게 인간사를 쪼아대곤 한다.

그러다 훈풍에 마음이 울컥한 날에는
불쾌한 심경을 깃털 뽑아 날려버리고
길흉 따라 행운을 담아 솟대에 올려놓고
꾀꼬리보다 멋진 애국가를 뿜어대곤 한다.

그리운 아버지

쉴 새 없이 이글대는 온탕에
온몸 적시며 미소 지으시고

세파에 찌든 주름 사이로
선비정신을 잃지 않으시고

늘 맑은 웃음 가득 담고
메마른 육신을 바라보시던 그 거울 앞에

아들의 아들이 나란히 설 때마다
그립단 말보다 눈시울이 먼저 뜨거워집니다.

흐르는 대로

생명의 씨앗들
정성껏 싹틔워
열매가 영그니
웃음꽃 피우고

자연의 풍경들
무심코 즐기다
풀잎이 시드니
눈물꽃 되었네.

시련의 시간들

언젠가는 잘되겠지 하는 마음으로
도심에 허물어진 꿈을 보따리에 싸서
긴 여정의 길 위에 선 그대

처음 겪는 순간마다 닥치는 시련들을
억척같이 참으리라 다짐하며
날로 메말라가는 고뇌에 몸부림치면서도

하나하나 얻은 만큼 채워가는 기쁨만을 생각하며
물밑 꼬리치는 물고기의 평화로움을 닮기 위해
오색불빛 찬란한 도시의 허상을 되뇌어 다지듯

이슬 배웅으로 나가 가로등 마중으로 오는 삶이지만
지친 육신이 차라리 행복이라 술잔에 담아 삭이며
된장에 밥 한 그릇 비워도 슬프지 않네.

자연 속에 얽힌 사연

펼쳐놓은 종이 위에
붓끝의 먹 과감히 적셔
일필휘지 통쾌함에 작품이 되고

벌어지는 알밤 속에
건강의 맛 가득히 담겨
감탄고토 명쾌함에 군침이 돌고

흔들리는 나무 아래
사모의 막 은밀히 쳐져
연리지정 상쾌함에 심장이 뛰고

쏟아지는 꽃길 따라
순정의 멋 아련히 피어
시절인연 소중함에 행운이 돋네.

078
알 수 없는 일들

헝클어진 모습으로
울먹거리던
그는

교활하지도
소외감에 서운하지도 않고
본연의 소신대로 살면서

울화통이 터질 일도 없고
화들짝 놀랄 만한 이유도
명확히 드러낼 게 없는데

고함친 것은 목청을 가다듬었고
발악한 것은 몸을 풀었을 뿐이라며
홧김에 술 마시러 갔다네.

홀로 아리랑

메아리가 괴성처럼 들린다며
세상의 소리가 왜 이 지경이냐고 물을 때마다
표현할 초점을 어디다 맞춰야 할지 난감하여

동산에서 들어보니 목소리가 상스럽고
거름더미에서 바라보니 얼굴이 성스럽기에
궁금하면 물구나무서서 보라고 전한

그는
이젠

어깨춤 추며
흥겨운 노래 흥얼거리며
곧이곧대로 자유로운 삶 누리길 바라며

희망은 맑은 정신으로 얻고
행복은 밝은 정열로 채워가리라고
옷깃을 추스르며 다짐을 한다.

휘어진 나무도 열매는 달다

무너질 듯 가파른 산자락에도
삿대질하더니

터질 듯 넘치는 강나루에도
욕지거리하던 그는

나지막이 밀려오는 순풍을 타거나
가슴으로 전해지는 전율을 느끼며

거짓이 아니라는 세상을 안고
진 빚 갚기 위해 막일하러 떠난다.

5부

그리운 길 따라

감출수록 꿈이 달기에
음지에 걸린 그림자에도 햇살이 들고

들출수록 삶은 쓰기에
양지에 놓인 꽃동산에도 오물이 묻듯

평소의 무수한 모습을 지켜볼수록
시비是非의 몫 따라 울고 웃는 하루는

찬란히 흘러가는 강물이 되고
애잔히 서성이는 바람이 되곤 한다.

082

헤아릴 수 없는 사연들

흐지부지 널브러진 골목길에
낙엽이 이리저리 휘날려도

되레 흥겨움같이 다가서는 계절 앞에
아름다운 삶의 가치를 부추길 수 있어도

무수히 소용돌이치는 악담이 흐르는 곳에
메아리도 더불어 귓전을 괴롭히는 듯

지혜마저 비아냥거리는 세상이 허허로우니
문풍지 사이로 여미는 바람만 차다.

083

참모습에 핀 꽃

서투른 솜씨 자랑하다
섣부른 꿈 날려버린 넌

바짝 붙어 유착의 정 만끽하다
너무 깊이 빠져버린 넌

돈벼락에 혼 빠지는 줄 모르다
날벼락에 뉘우치고 몰래 나온
너이기에

욕심보다 만족을 체험하며
콧등에 땀 흐르는 모습이 풍요롭다.

인간다운 세상

어깃장에 쓴웃음 나고
으름장에 괘씸하기도 하지만

벌거벗은 듯 드러낸 잔소리나
얘깃거리도 되잖은 헛소리 늘어놓거나

깊이 숨은 듯 감춰진 낙엽이나
시행착오 속에 빛낸 단풍잎을 날려버리고

헛다리 짚은 소용돌이 후 고요의 물결 따라
기약 없는 여정의 길 떠나려고 한다.

시간 속으로

기쁨을 누릴 수 있어도
과거의 슬픔에 웃을 수 없고

행복을 품을 수 있어도
현재의 암울한 느낌을 떨칠 수 없고

흥분을 느낄 수 있어도
미래의 쓰라린 고난을 가늠할 수 없기에

더 발랄한 감동의 풍경을 펼쳐놓고
더 생동감 넘치는 작품을 걸어야 한다.

엇박자에 흔들리는 사회

따라야 할 의리보다
지켜야 도덕이라는 것을
가슴에 새기면 진리라고 하지만

믿어야 할 윤리보다
거짓으로 물들어가는 모순을
떼어내야 한다는 칼날 앞에서

바람직한 삶의 표본을 내세워
논리적 가치를 구구절절 밝힐 수 있다면
허구의 입은 닫혀질 것이며

정직할 수 없는 언행은
시든 잡초에서 뺀
한 줌의 버려지는 오물인 것을.

모로 걷는 생명들

독하고 버르장머리 없어도
시치미 떼며 고풍스러운 척하거나

약하고 미련한 짓 해도
찰나의 실수일 뿐 나름대로 옳다고 하면서

참회의 눈물 뚝뚝 떨어뜨리며 떠나는 나그네보다
언론 속에 비치는 인두겁의 미소가 더 아름답다니

쓰고 버려져 시궁창으로 흐를 뻔한 쌀뜨물도
쓰임새 따라 지혜롭게 세상을 살찌우거늘.

진실은 헛될 수 없음에

미소를 머금은 표정에는
부정할 수 없는 진실이 있고

곧은 마음에 담긴 그릇에는
긍정의 힘으로 모은 진리가 있기에

유유히 자연스러운 심성으로
순수히 가꾸어가는 목적을 향해

허울 좋은 사색의 꽃이 필지라도
바른생활의 믿음으로 걸어간다.

089

둥지의 숲에서

산허리 감은 구름은
세월의 흔적 남기려고
붓을 잡으며

강줄기 도는 바람은
인류의 추억 전하려고
선을 그으니

엉킨 앙금도
설킨 시련도
꽃향기에 곱게 물들어지듯

즐거움이 피어나는 공원에 서서 시화를 보고
정겨움에 묻어나는 고택에 앉아 음악을 듣자.

스치는 바람도 생명이다

좁은 책꽂이 위에
연필의 몸부림이 일어날 때

넓은 창문 틈 아래
풀잎의 속삭임이 들려올 때

습작 전에 흐트러진 빛깔처럼
떠돈 넋에 맛을 짜내야 향기롭고

퇴고 후에 가지런한 정서처럼
박힌 혼에 멋을 적셔야 가슴 설렌다.

만남

바쁘다고 못 올 거면
정신없이 달려가서 울지나 말지

한가해도 안 갈 거면
느슨하게 걸어와서 웃지나 말지

식은 정성 익는 온정 다해
진한 감동 나누었는데

만날 인연은 못 만나서 슬프고
못 만날 인연은 만나서 기쁘네.

숨긴 죄

심심한 날
소일거리 하다
주전부리 갖가지에
입술 망친 죄

목마른 날
저잣거리 맴돌다
텁텁한 막걸리 여러 사발에
목 축인 죄

마치 깊어가는 고민처럼
행한 발자취를 숨기고 싶었지만

순식간 아내의 입맞춤에 들통나고
별안간 술친구의 유혹을 뿌리친 탓에 냄새났네.

소우주의 꿈들

우주의 별들이
지구를 유혹하자

나라마다 쏘아 올릴 창공의 화살이
인류들이 더 좋은 과녁을 향해

목숨을 담보로 탑승하길 손짓하지만
아직은 생소하고 먼 나라의 희망일 뿐

국내 지도를 방바닥에 펼쳐놓고
가족여행을 꿈꾸는 나그네의 심장이 뛴다.

094
한반도

태극기가 펄럭이고
무궁화가 피는 것은

금수강산이 화려하고
오곡백과가 풍성해서가 아니라

대한민국 자유민주주의가
지구촌의 으뜸이라는 것을

국민 스스로 가꾸고 살찌우는
평화의 땅이란 걸 알리는 일이다.

네가 내라면 모를까

낮의 길이만큼 그늘에서 쉬었다는 건
얼굴이 햇살에 노출될 리 없으므로
황색의 모습으로 낮잠을 즐겼다는 증거며

밤의 깊이만큼 밤길을 방황했다는 건
마음이 달빛에 현혹될 수 있으므로
심장의 요동으로 애인과 함께 있었다는 이유다

하지만 그건
땡볕에서 업무를 보았다면 얼굴이 검어야 하고
심야에도 출장을 다녔다면 여인은 아파야 한다

그러나 이젠
물리적 피로를 풀려고 술을 마신 후 잠이 들었고
정신적 통증을 잊으러 찻잔 비운 후 님을 만난다.

음률의 변

산을 쳐다보며 작게 호령해도
씨알도 먹히지 않는다는

강을 바라보며 크게 속삭여도
눈곱만큼도 요동치지 않는다는

그런 궁상 맞는 말들이 오고 가고
생사람 잡듯 웃음 치며 비아냥거려도

산불 나든, 강 건너 불구경하든
무심한 척 대문을 밀고 두드린다.

시의 노래

가던 길 돌아오니
휘청거리듯
그리움 들고

오던 길 바로 가니
후회스럽듯
아쉬움 남아

어디든
외로운 문풍지 바람에
춤추며 눈물 쏟고

더불어
즐거운 젓가락 장단에
노래하며 웃고 싶다.

098

어머니의 마음

나무숲 사이
스며든 햇빛이

행복의 씨앗 감추려다
아들의 목덜미 할퀴고 지나간 자리에

송진이 끈적거리던 옷가지를
어머니께서 몰래 세탁하신 줄 모르고

줄행랑치다 딱 걸린 고양이에게
농복을 내놓으라고 윽박지른다.

이어가는 한해살이

봄볕 쬐는 논밭마다
씨가 싹 틔우니
들녘을 덮은 푸름이 벅차고

여름 장마 내리는 농토마다
새싹이 잘 자라니
작물의 키만큼 신나고

가을 단풍 물드는 곳간마다
곡식이 가득하니
가마니 높이 만큼 빛나고

겨울 눈 쌓이는 집집마다
화롯불이 달아오르니
동지섣달 긴 밤이 즐겁다.

농경사회의 꿈

늠름한 한우의 거친 숨결 따라
생동감에 젖어 달리던 쟁기날에
옥토로 물들여 온 들녘마다

쩡쩡 울리며 달리는 농기계 소리에
여유로운 농부의 얼굴을 달구며
슬기로운 흙빛으로 장렬히 스며드니

농로에 퍼질러 앉아 마시던 농주는
새참으로 즐겼던 시절을 잊은 듯
정겨운 맛은 기어이 사라지고

풍성한 꿈을 열어 갈 미래의 농토에
새 농민의 희망찬 양식을 쌓으며
인류의 생명을 싣고 힘차게 달린다.